Bienvenidos a "Cuentos para bebés de 0 a 2 años"! Un libro lleno de enomatopeyas y coloridas imágenes para dormir y estimular a los más pequeños. Descubre historias encantadoras con sonidos divertidos y vibrantes ilustraciones. ¡Prepárate para un viaje mágico de sueños y aprendizaje! No olvides dejar tu reseña de 5 estrellas en Amazon para ayudarnos a crear más contenido maravilloso para los pequeñitos.

"El día en el jardín"

Un pajarito cantaba "piu-piu" en el árbol,

Una mariposa volaba de flor en flor y un gatito jugaba entre las hojas.

El sol brillaba y todos eran amigos.

Al final del día, los animalitos se acurrucaron y durmieron bajo la luna.

"La aventura de los juguetes"

Había una vez un osito, un patito
y un carrito. Juntos, fueron de
aventura por la habitación.

El osito quería un abrazo.

El patito quería nadar y el carrito quería rodar.

Juntos, fueron de aventura
por la habitación, explorando
y divirtiéndose.

Luego, cada juguete regresó a su lugar y se durmieron tranquilos.

"La granja del sol"

Había una vez una granja muy especial, llena de colores y sonidos encantadores. En esa granja vivían muchos animalitos felices.

Por las mañanas, cuando el sol comenzaba a brillar, el gallo se despertaba y cantaba con todas sus fuerzas un alegre "quiquiriquí". Su canto era tan fuerte y alegre que todos los demás animales se despertaban y se ponían alegres también.

La vaca, con su mirada tierna, respondía al canto del gallo con un dulce "muuu". La vaca era la más grande de todos los animales y siempre estaba dispuesta a cuidar de los más pequeños.

Luego, estaba el cerdito, un animalito muy gracioso. Su piel era rosada y su naricita curiosa. Cuando el gallo cantaba, el cerdito dejaba escapar un divertido "oink". Todos los demás animales se alegraban de tener al cerdito como compañero.

Al final del día, cuando el cielo se llenaba de estrellas, todos los animalitos volvían a sus corrales para descansar. Se acomodaban cómodamente y el sueño los envolvía con dulzura. Soñaban con aventuras en la granja, donde cada día era una nueva oportunidad para jugar, aprender y ser felices.

El Monito Eli.

Había una vez en el bosque
encantado, un monito llamado
Eli que siempre llevaba una
sonrisa en su rostro.

Un día, mientras jugaba entre las flores, escuchó un "pío-pío" muy suave. ¡Era un pajarito en problemas!

Sin dudarlo, Eli corrió a su encuentro y observó al pajarito atrapado en una rama. "¡Ayúdame, por favor!", trinó el pajarito con un "chirri-chirri" angustiado.

Eli extendió su brazo y con un "tirón", liberó al pajarito. El pequeño pajarito, lleno de alegría, saltó y cantó un "piu-piu" de agradecimiento.

Desde ese día, Eli y el pajarito, llamado Pipo, se convirtieron en los mejores amigos. Juntos, exploraron el bosque, compartieron frutas deliciosas y se cuidaron el uno al otro.

La historia de Eli y Pipo nos enseña la importancia de ser amables y ayudar a los demás. Nos muestra que, a través de la amistad y el apoyo, podemos superar cualquier dificultad.

Pomponito el Saltarín.

Había una vez un conejito llamado Pomponito! ¡Y le encantaba saltar, saltar y saltar por todos lados! Un día soleado, Pomponito saltó entre las flores del prado, diciendo "hop, hop, hop" con cada brinco que daba.

Al caer la noche, el conejito estaba cansado y se metió en su madriguera para dormir. Mientras dormía, soñó que saltaba más alto que nunca, Volaba por el cielo, rozando las nubes y riendo de alegría.

En su sueño, la luna y las estrellas lo miraban con cariño. Cuidaron al conejito mientras dormía, para que tuviera los sueños más bonitos.

Al amanecer, Pomponito abrió sus ojitos y se despertó. Salió de su madriguera y se encontró con sus amigos, el pajarito y la mariquita. Juntos, decidieron explorar el bosque encantado, "pío, pío, pío" cantaba el pajarito,con sus colores brillantes.

Los tres amigos se divertían y jugaban, "ja, ja, ja", riendo y riendo bajo el cálido sol. Y así, Pomponito descubrió que los sueños y la amistad hacen que cada día sea mágico y lleno de felicidad.

Desde entonces, todas las noches, Pomponito se dormía feliz, sabiendo que la luna y las estrellas lo cuidarían, y esperando que sus sueños lo llevaran a vivir nuevas aventuras.

Las aventuras del patito Juan.

Plas–Plas

Érase una vez un patito pequeñito llamado Juan. Un día soleado, Juan decidió aventurarse en el gran lago para explorar. ¡Plas, plas, plas! Nadaba felizmente sintiendo el agua fresquita en sus patitas.

De repente, el patito escuchó un "glub, glub" y vio un pez nadando a su lado. El pez le dijo: "¡Hola, ¿Quieres jugar conmigo?" Juan, emocionado, respondió con un sí de alegría y comenzaron a jugar juntos en el agua.

Más adelante, Juan se encontró con unas ranitas saltarinas. Ellas hacían un divertido "croac, croac" mientras brincaban de hoja en hoja.

Cuando el sol comenzó a ocultarse y el cielo se tiñó de colores hermosos, el patito decidió que era hora de regresar a casa. Nadó velozmente hacia su mamá, quien lo estaba esperando con los brazos abiertos.

Mamá Pata le dijo: "¡Qué valiente y aventurero eres, Juan! Siempre recuerda que el mundo está lleno de cosas maravillosas, pero también es importante regresar a casa, donde siempre te esperaremos con mucho amor".

El patito se acurrucó felizmente
junto a su mamá y cerró los ojitos
mientras mamá Pata le cantaba una
dulce canción de cuna, y ambos
durmieron felices.

El osito Curioso.

Había una vez un osito muy curioso que vivía en un hermoso bosque. Un día, mientras caminaba entre las flores, escuchó un zumbido muy peculiar. "Zzz, zzz", sonaba el abejorro volando de flor en flor.

El osito se acercó al abejorro y, con mucho cuidado, extendió su manita para tocarlo. el abejorro parecía decirle al osito: "¡Hola, amiguito!". El osito respondió con una suave sonrisa, mostrándole que también era su amigo.

Juntos, siguieron el rastro de las abejas y llegaron a una colmena llena de miel. "¡Mmm, mmm!", dijo el osito, y probó un poquito de miel. ¡Era tan dulce y deliciosa! El abejorro también saboreó un poco y ambos disfrutaron de un momento muy dulce.

El osito aprendió que las abejas son muy importantes porque nos dan la miel. Y el abejorro le enseñó al osito a ser amable y respetuoso con los animalitos que nos rodean.

Después de compartir ese dulce
momento, el osito y el abejorro
se despidieron.El osito regresó
a su hogar en el bosque,
llevando consigo el recuerdo
de su nuevo amigo.

Y así, el osito aprendió que la amistad puede encontrarse en los lugares más inesperados y que compartir momentos especiales nos hace felices.

Lucas y el Globo

Había una vez un niño llamado Lucas. Lucas era un niño pequeñito y muy curioso. Un día, mientras jugaba en su cuarto, encontró un libro mágico. Lucas lo abrió y comenzó a mirar las coloridas ilustraciones.

El libro contaba la historia de un globito de colores que volaba por el cielo. El globito era muy valiente y siempre seguía indicaciones. Decía: "El globito esperaba a que el viento soplara suavemente para poder volar alto, y siempre miraba las estrellitas para encontrar el camino de regreso a casa".

Lucas se quedó fascinado con el globito y quería ser como él. Quería aprender a seguir indicaciones. Así que, cuando su mamá le decía que debía esperar un poquito antes de jugar, él esperaba pacientemente. Y cuando su papá le decía "ven aquí, Lucas", él iba corriendo

Lucas también aprendió a decir "por favor" cuando quería algo y "gracias" cuando recibía algo. Y cuando era hora de dormir, Lucas decía "buenas noches" a su mamá y a su papá antes de cerrar los ojitos.

Lucas se convirtió en un niño muy responsable y todos lo admiraban por su actitud positiva. Seguía las indicaciones de sus papás y maestros, y siempre se portaba muy bien. Y mientras crecía, Lucas seguía aprendiendo y descubriendo nuevas cosas emocionantes.

Y así, Lucas vivió muchas aventuras felices siguiendo indicaciones y siendo un niño ejemplar. Y cada vez que veía un globito en el cielo, se acordaba del valiente globito del libro y de lo importante que era seguir indicaciones.

El castor Benito.

Había una vez un castor llamado
Benito que vivía en el bosque. Benito
era un castor muy trabajador y le
encantaba construir cosas.

Un día, decidió construir una presa en el río para ayudar a sus amigos animales.
Con un "clac, clac" y un "chap, chap", Benito empezó a trabajar.

Cortaba los árboles con sus afilados dientes y los llevaba al río. Con sus patas y su cola, construía una gran barrera de madera para detener el agua.

Los animalitos del bosque estaban muy felices con la presa de Benito. El río no se desbordaba y todos podían beber agua sin problemas.

Benito les enseñó que cuando trabajamos juntos, podemos lograr cosas maravillosas.

Pancho aprende a No mentir.

Había una vez un burrito llamado Pancho que vivía en una granja. Pancho era un burrito muy juguetón y le encantaba explorar el campo. Un día, mientras Pancho correteaba por el pasto, se encontró con una colorida mariposa que volaba a su alrededor.

"¡Qué bonita eres!", dijo Pancho, emocionado. Pero la mariposa se detuvo y le susurró algo al oído de Pancho.
"Pancho, hay un secreto que debo contarte", dijo la mariposa con voz suave.

Pancho se quedó asombrado y preguntó: "¿Un secreto? ¿Qué es?" La mariposa le dijo: "Debes decir siempre la verdad, Pancho. Decir la verdad es muy importante, porque ayuda a mantener la confianza con los demás".

Pancho asintió y prometió que siempre diría la verdad. Con su nueva enseñanza en mente, Pancho regresó a la granja. Pero justo en ese momento, vio a su amiga la gallina, quien estaba buscando sus huevos perdidos.

Pancho se acercó corriendo y le dijo: "Hola amiga".
La gallina lo miró y le preguntó: "Pancho, ¿has visto mis huevos?". Pancho se sintió tentado de mentir, pero recordó las palabras de la mariposa y decidió decir la verdad. "¡No los he visto, respondió Pancho, sacudiendo su cabeza.

La gallina le agradeció a Pancho y
continuó buscando sus huevos. Poco
después, Pancho vio al cerdito llamado
Chanchito, quien se veía triste. Pancho se
acercó y le preguntó: ¿Qué te pasa,
Chanchito?".

Chanchito suspiró y respondió: "Perdí
mi juguete favorito, Pancho. ¿Lo has
visto?". Pancho recordó su promesa
de decir la verdad y dijo: "¡No lo he
visto.Chanchito se sintió triste, pero
agradeció a Pancho por ser honesto.

Pancho continuó recorriendo la granja y encontró a la vaca, que tenía un moño en el hocico. Pancho se acercó y rió, diciendo: ¡Hola Vaca!. La vaca lo miró confundida y le preguntó: "Pancho, ¿tienes algo que ver con este moño en mi hocico?".

Pancho sabía que era el culpable y recordó la lección de la mariposa sobre decir la verdad. Bajó la cabeza y dijo: "¡Sí, lo hice! Lo siento. La vaca suspiró pero sonrió, agradecida por la honestidad de Pancho.

A medida que Pancho recorría la granja, se encontró con más amigos y siempre decía la verdad, incluso cuando era difícil. Aprendió que la honestidad era el camino correcto y que sus amigos confiaban en él porque siempre decía la verdad.

Desde ese día, Pancho se convirtió en el burrito más honesto de la granja. Y cada vez que veía a la mariposa revoloteando, le recordaba la importante lección que había aprendido: decir siempre la verdad.

Todos somos importantes

En la selva, el león rugía con fuerza: ¡Raaawr! Sus poderosos pasos resonaban: ¡Tum, tum, tum! Era el rey de la selva, majestuoso y valiente. Todos lo admiraban y respetaban. ¡Grrr!

A pesar de su poderío, el león también era humilde. Reconocía que no era el único importante en la selva y valoraba a los demás animales. Escuchaba con atención las historias del sabio búho, aprendiendo de su sabiduría

Compartía su comida con los
animales más pequeños y débiles,
asegurándose de que todos
estuvieran alimentados..

El león entendía que cada uno tenía
un papel importante en el
equilibrio de la naturaleza y
respetaba a todos por igual. ¡Rugía
con orgullo, pero también mostraba
su lado tierno!

En un precioso bosque vivía un ciervo llamado Ivo y una ardilla llamada Aria. Eran los mejores amigos y siempre se cuidaban el uno al otro.

Un día, mientras jugaban, se encontraron con un conejito perdido. Sin dudarlo, Ivo y Aria se acercaron y lo guiaron de regreso a su madriguera.

Desde entonces, los tres amigos exploraban juntos el bosque, aprendiendo sobre la importancia de la amistad leal. Siempre se apoyaban y se protegían mutuamente, demostrando que la amistad es un tesoro valioso.

El ciervo, la ardilla y el conejito
vivieron aventuras inolvidables y se
convirtieron en amigos para siempre.

Made in the USA
Las Vegas, NV
04 December 2024

13354119R10044